놀러 오세요, 당신과 나의 작은 숲으로

놀러 오세요, 당신과 나의 작은 숲으로

초판 1쇄 발행 · 2023년 12월 27일

지은이 · 솜두

발행인 · 우현진
발행처 · 주식회사 용감한 까치
출판사 등록일 · 2017년 4월 25일
대표전화 · 02)2655-2296
팩스 · 02)6008-8266
홈페이지 · www.bravekkachi.co.kr
이메일 · aoqnf@naver.com

기획 및 책임편집 · 우혜진
마케팅 · 리자
디자인 · 죠스
CTP 출력 및 인쇄 · 제본 · 미래피앤피

ISBN 979-11-91994-23-0(02810)

우리가 행복했던 그 순간의 곁으로 다시 놀러 와줘

놀러 오세요, 당신과 나의 작은 숲으로

솜두 지음

CONTENTS

어른으로 살면서 자연스레 잊어버렸던

어린 날의 기억들

누구나 가지고 있었던

참 아꼈던 인형과

그 인형들과 함께 놀던 상상의 숲

편지가 왔다.

코리로부터.

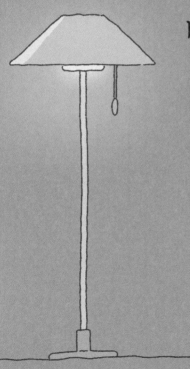

PART 1. 작은 숲으로의 입장

1. 작은 숲의 입구

짹짹짹

밤사이 잠을 푹 잔 해가 개운한 얼굴을 내밀면
작은 숲의 아침이 시작된다.

포근한 햇살이 비추는 아침
밖에서 사각사각 소리가 들려온다.

'책장을 넘기는 소리일까?'
'누군가의 발걸음 소리일까?'

이제 일어날 시간이라고, 바람이 속삭인다.

2. 널 만나는 날

어제는 좋은 꿈을 뀄어.
아마 너를 만나려고 그랬던 것 같아.
너의 어젯밤 꿈은 무슨 색깔이었니?

3. 완벽하지 않아도 괜찮아

나무 향이 가득한 이곳
작은 숲 한쪽, 커다란 나무 바로 아래에
코 없는 코끼리 세쌍둥이 코리, 코라, 포리가 살고 있다.

꾹—
코리의 하루의 시작을 알리는 소리.
밤새 물에 담가둔 동그란 완두콩을 코에 붙인다.

"친구들이 선물해 준
세상에서 가장 예쁜 완두콩 코야."

하늘을 날 것 같은 큰 귀와
넘어지지 않는 튼튼한 다리.

우리는 완벽하지 않아.

그래서 더 괜찮은 그런 아이야.

있는 그대로 언제나 우리 자신인걸.

4. 우리의 작은 집

이 나무는 원래 그냥 그런 나무였어.

아주 크지만 속은 텅 빈 나무였지.

그런 나무에 힘을 합쳐 손길을 주고 추억을 선물했지.

웃음도 눈물도 가득.

그렇게 집이라는 멋진 이름이 생겼어.

숨어있는 도구들을 찾아 집을 짓는 코리네를 도와주세요.

우리 모두 언제든 쉴 수 있는 곳.
그냥 그런 나무가 아닌 우리의 집,
우리의 커다란 나무.

5. 나무를 심는다는 것

비밀을 하나 말하면,
사실 난 식물을 잘 키우지 못해.

그래도 언제나 식물을 키우지.
말을 걸어주고 물을 주는 게 다지만.

*잘하지 못한다고 생각해 망설였던 일이 있나요?

"그래도 나무는 언제나 나의 작은 관심을 기쁘게 받아주니까."

때로는 서투름이 자양분이 될 때도 있다.
그러니 두려운 마음을 없애고 서툴러도 시작해보자.
코리의 나무처럼 모두 자연스럽게 커가도록.

6. 꽃놀이

나무는 매년 같은데

내 마음은 매년 다르다.

내가 달라진 걸까?

바람이 달라진 걸까?

지금 네가 바라본 나무는 어떤 모습이니?

*숨어있는 벚꽃 토끼를 찾아보세요.

7. 바람 언덕

바람개비 돌리기 딱 좋은 언덕이야.

바람개비를 돌려 생각을 날려 보내면
꼬리에 꼬리를 물던 생각들이 하늘 멀리 흩어진다.

생각이 많아 무거워질 땐
나만의 바람 언덕으로 향하자.
끝이 없는 생각들에 돛을 달아
바람에 날려 보낼 수 있도록.

8. 차 한 잔에 바람 두 방울

살랑살랑 바람이 불어올 땐
찬장에 있는 찻잎을 꺼내보자.

차 한 잔에 바람 두 방울!

향긋한 꽃 내음과 선선한 바람 향으로
한껏 여유로워지는 오후.

고소한 밥 냄새와 달짝지근한 조림 냄새.
달그락달그락 그릇 부딪히는 소리.

함께 모인 저녁 식탁 위로 뭉게뭉게 이야기가 피어난다.

"어서 이리 와 앉아. 따뜻할 때 먹어야 맛있어!"

식사가 끝난 후엔
달콤한 디저트 타임.

맛있는 디저트를 먹으며 '오늘'의 조각을 함께 나눈다.

"오늘은 어떤 일들이 있었어?"

10. 작은 숲의 밤

숲의 밤은 아주 조용해.
그래서 가끔 마음의 소리가 너무나 크게 들리지.

그럴 땐···

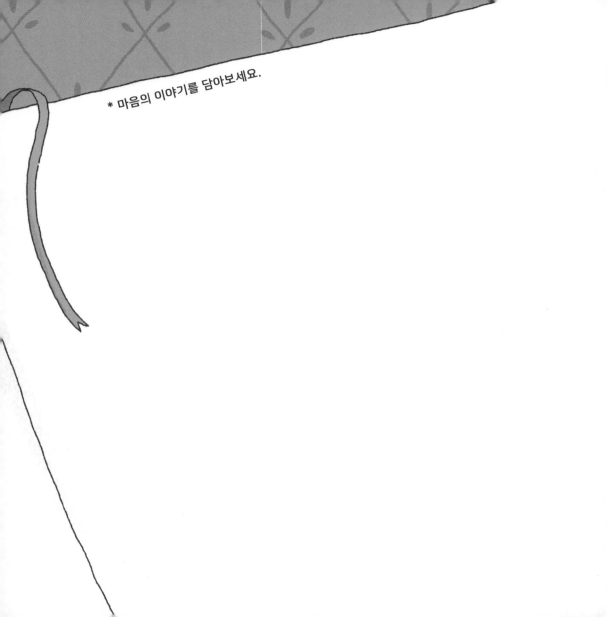

* 마음의 이야기를 담아보세요.

마음의 소리를 종이에 담자.

사각사각 연필 소리에 덮여 조금씩 조금씩 작아지도록.

지저귀는 새소리로 피어나는
싱그러운 숲의 아침.

11. 숲속의 아침

왠지 따뜻한 마음이
밤새 뒤척이던 나를
지켜준 것 같아.

어제보다 더 튼튼하고 따뜻해진 오늘의 마음.

PART 2. 우거진 나무 사이로

가끔, 어질러진 마음을

어디서부터 정리해야 하는지 막막한 날이 있다.

그럴 땐 발밑에 떨어져 있는 것부터
하나씩 차근차근히 해 나가자.

조금씩 치워진 틈 사이로 쉼이 들어오고
무겁던 짐은 어느새 작은 먼지로 변해 있을 테니.

"지금은 청소 중."

2. 숲을 찾아온 기쁨

친구들이 모두 모이면
초록 숲이 기쁨으로 가득 찬다.

만약 너도 함께 온다면
우리의 기쁨은 커다란 산이 되겠지

*보고 싶은 사람을 적어보세요.

3. 여름비

종이배 호수에 살고 있는 해달이들은
비 오는 날을 무척 사랑한다.

첫째 해달이, 둘째 해달이, 셋째 해달이.

엉뚱한 해달이들은 언제나 웃음을 몰고 다닌다.

호기심 많은

개구쟁이 해달들.

가끔은 흠뻑 내리는 비도 좋아.
사랑스러운 해달이들이
맘껏 뛰어놀 수 있으니까.

4. 길

지난번 심었던 나무를 보러 가는 길.

반딧불이 숲

미안···

가끔은 표지판이 가리키지 않는 길로 가보자.

새로운 길 위에서
새로운 친구를 만나게 될지도 모른다.

처음 가는 이 길이 맞는지 틀렸는지는 아무도 모른다.
그러니 혹여 길을 잃을까 미리 걱정하지는 말자.
모든 길은 반드시 어딘가로 향한다.

5. 어느새 자라난

나무가 이만큼이나 자랐어!

안녕 작은 친구들!

오늘도 나 대신
나무를 돌봐주고 있구나.

오늘은 작은 친구들을 위해 별을 심어줘야지.
예쁜 밤하늘을 선물할 거야.

*코리가 뿌린 사탕 속 숨은 별들을 찾아보세요.

항상 고마워, 작은 친구들!

너랑 똑같이 부는데도
왜 내 비눗방울은 이렇게 작지?

다른 사람의 비눗방울이 아니라
너의 비눗방울을 불어 봐.
너 자신의 호흡에 집중하는 거야.

*나만의 비눗방울을 써보세요. 나에게 집중했던 일이라면 아무리 사소해도 좋아요.

얼마 전부터 침대에 누우면 천장에서 이상한 소리가 나.

혹시 무서운 괴물이 아닐까?

7. 이상한 소리

재밌고 귀여운 상상을 하자!

재밌고 귀여운….

밤마다 이상한 소리가 들린 지 며칠 후
어느새 나무가 이렇게나 크게 자랐어.
알고 보니 나무가 자라면서 내는 소리였대.
나무도 우리도 그 며칠 밤사이에 더 단단해진 것 같아.

아픈 성장통은 반드시 멋진 성장을 가져다줄 거야.

아직 다 자라지 못한 작은 나무들이 모여 있는 이곳.

8. 작은 초록 그늘

중간중간 그늘에 구멍이 나 있다.
그래서 더 재미있는
반짝이는 햇빛 사이 시원한 그늘 찾기 놀이.

*숨어있는 네잎클로버를 찾아보세요.

"오늘 정말 힘들었지?"

아무리 힘들어도 혼자서 짐을 짊어지진 말자.

내일의 나도 있고, 한 달 뒤의 나도 있다.
오늘의 짐이 너무 버겁다면 미래의 나와 함께 들자.

9. 오늘의 나에게

주위를 조금만 둘러보아도
언제든 함께 들어줄 친구들이 많다는 걸
아무리 슬퍼도 잊지 말기.

10. 오래된 나무

숲의 끝자락.
그곳엔 오래된 나무가 있다.

얼마나 오래 서 있었는지 알 수 없을 만큼
묵묵히 이곳을 지키고 있는 나무.
혼자서 외롭지는 않았을까?
이렇게 크게 자라는 동안 힘들지는 않았을까?

나무는 언제나 잎을 우수수 흔들며
큰 그늘로 안아줄 뿐이다.

PART 3. 숲의 둘레

1. 물 흐르듯

초록 숲을 벗어나 걷다 보면 잔잔한 빛을 내는 호수가 나온다.

가끔은 목적지를 정하지 않고
무작정 떠나는 것이 가장 좋을 때가 있다.

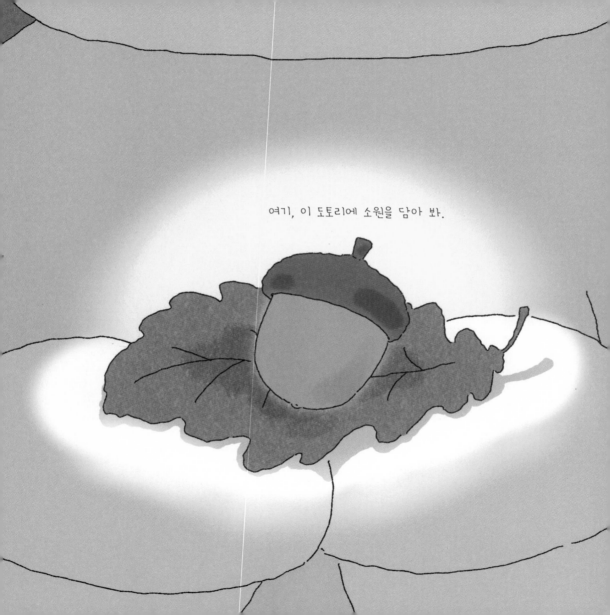

여기, 이 도토리에 소원을 담아 봐.

2. 소원의 나무

소원의 크기는 상관없어.
소원을 담아 이곳에 심으면
열매가 맺힌대.

그 열매는 너의 소원을 닮아
아주 반짝이고 영롱할 거야.

*마음속 소원을 담아 보세요. 큰 소원이든 작은 소원이든 상관없어요.

초록 숲에서
얇은 책 한 권 읽을 시간만큼 떨어진 곳에
귀여운 오리들이 살고 있다.

3. 손을 잡아줘

그중 귀여운 바보오리는 가끔 불안에 빠지곤 한다.
지금까지의 시간이 아무것도 아닌 것 같고
뭘 해도 안 될 것 같이 느껴지는 그런 불안의 순간에.

그럴 때마다 코리는 바보오리의 손을 조용히 잡아준다.
손을 꼭 잡고 있다 보면 바보오리의 불안함도 어느새 모두 사라지고 만다.

사랑스러운 우리의 친구, 우리의 바보오리.

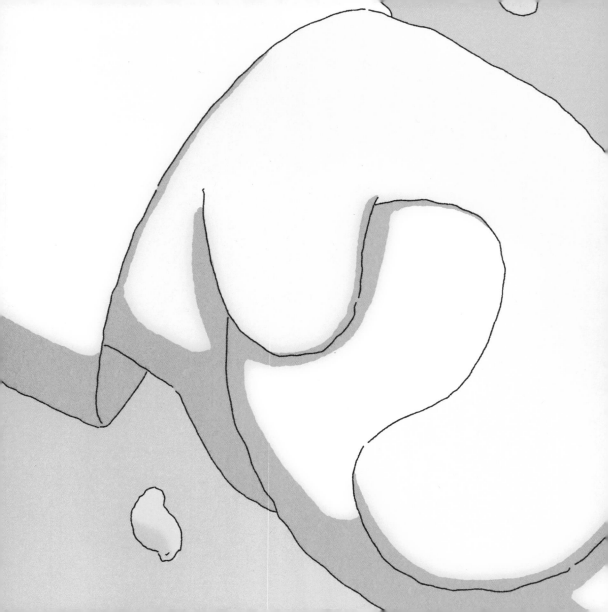

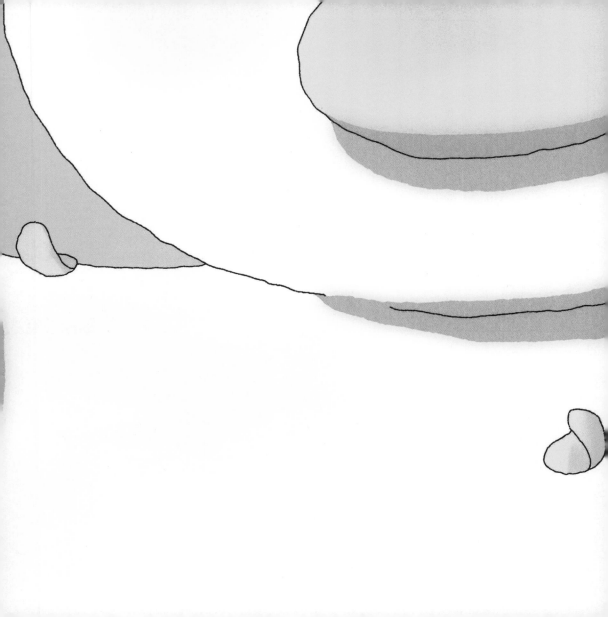

누구에게나 자신의 별이 있대.

오늘은 내 별을 찾아서 떠날 거야.

*숨어있는 개구리들을 찾아보세요.

너의 별은 너를 닮아 눈부시게 반짝이겠지?
나의 별도 그 옆에 함께 있기를.

가고 싶은 곳은 어디든 데려다 드립니다.
하얀 쥐 승무원들이 지나갈 때 티켓을 건네주세요.

서두르지 않아도 좋아요.
어디로 갈지 아직 모르겠다면 열차 밖 풍경을 보며 가고 싶은 곳을 천천히 정해보세요.

어디든
언제라도.

6. 구름구역 28번지

초록 숲 한 곳에 구름으로 가득한 구름구역 28번지가 있다.

이곳에서는 고민이 구름에 녹아 없어진다.
나를 무겁게 누르던 오랜 고민이 구름 속에서 사르르 녹아 없어진다.

끝맺음을 맞이한 고민은

비가 되어 목마른 꽃들에 물을 주기도 하고

눈이 되어 추억을 담은 눈사람이 되기도 한다.

우리의 고민이 녹아 만들어진
그 구름 아래에서

오늘도 선선한 바람을 쐬며
설레는 내일을 기다리고 있다.

7. 홀씨

후–

홀씨가 퍼져 나간다.

'후'하고 분 홀씨가 멀리멀리 펴져 나간다.

어디로 날아갔는지 모를 홀씨가
뿌리를 내리고 꽃을 피운다.

말씨도 홀씨와 같아 멀리멀리 퍼져나간다.
너의 말처럼 예쁜 말씨가 멀리 퍼져 나가
곧은 뿌리를 내리고 예쁜 꽃을 피운다.

8. 작은 세상

───── 수풀 속 돌 사이사이, 평소 들여다보지 않았던 곳에 소중한 세상이 있다.

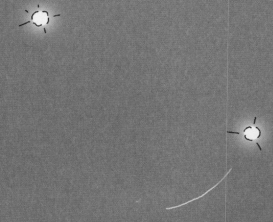

너무 작아 소중하고
너무 소중해 작은 곳.

9. 가을 화가

가을이 되면
숲을 색칠하는
다람쥐 요정이 분주해진다

*고깔모자를 쓴 다람쥐 요정들을 찾아보세요.

다람쥐 요정은 가지고 있는 노란색을 아끼지 않고
다 사용한다.

"계절이 바뀌는 걸 느낀다는 것은
정말 행복한 일이야."

변하기에 행복한
유일의 것, 계절.

10. 윤슬

코리가 아는 바다 중에서 가장 윤슬이 빛나는 바다.
반짝거리는 윤슬 위로 유리병 하나가 떠오른다.

어떤 이야기가 담겨 있을까?

왠지 듣고 싶은 말이 담겨 있을 것 같아.

*듣고 싶은 이야기를 해 주세요.

잔잔한 바람이 불어오던 여름의 한순간.
너무 짧아 기억나지 않는 순간도 있지만
그럼에도 어렴풋이 떠오르는 여름방학 같았던 순간들.

Ⅱ. 여름방학 같았던

그런 소박하지만 소중한 기억들로 인해
삶의 둘레가 행복으로 둘러싸인다.

PART 4. 언제나 그곳에

I. 종이비행기

여전히 모르는 것투성이인 하루하루

얼마나 오래 날 수 있을까? 어느 방향으로 날아갈까?
그리고 어디에 멈춰 서게 될까?

여전히 모르는 것투성이이지만, 소중한 마음과 두근거림을 믿고 열심히 종이비행기를 날린다.
마음이 가는 대로 날려보자.
언젠가 그 답에 가까이 날아갈 수 있도록.

하루하루가 지나면서 숲도 어느새 많이 자랐어.

*숨어있는 나비를 찾아보세요.

2. 닮아가는

이 숲은 우리를 닮아가는 것 같아.
여러 추억을 그려가며 나무를 심고 숲을 돌본 것들이
결국은 우리 자신을 사랑하고 돌본 일이었어.

고마워, 초록 숲아.

강아지 달이와 고양이 치즈는
여기저기를 떠도는 방랑 강아지, 방랑 고양이다.

3. 다시 여기

달이와 치즈는 이곳저곳을 함께 다니며
이야기를 모아 친구들을 위한 노래를 만든다.

서로 말없이 옆에만 있어도 즐겁고 힘이 되는 사이.

언제든 다시 이곳으로 돌아와 그동안의 노래를 불러줘.
얼마든지 있어도 좋아.
여기는 언제나 너희들의 '돌아올 곳'이니까.

4. 소풍의 시작

오늘은 숲의 끝자락으로 소풍을 가는 날.
도시락을 준비하면서부터 소풍이 시작된다.

소풍 갈 때 꼭 필요한 준비물 세 가지.
두근거리는 마음, 고소한 도시락 냄새, 아련한 어린 시절의 기억들.

너와 나의 웃음이 한데 섞여 맛있는 주먹밥이 된다.
오랜 추억을 재료로 삼아 도시락을 만들고
그 도시락으로 다시 또 새로운 추억을 만들어 간다.

언제나 소풍은 즐거워.

오늘의 기억은 언젠가 소중한 흔적이 된다.

지금 내 엉덩이 밑에
재미있는 '지난 일'들이 잔뜩 남아 있어.

5. 나무 방명록

흔적을 남기면 그냥 그런 평범한 날도 특별한 기억이 된다.
언젠가 소중하게 기억될 오늘을 위해
아무것도 아닌 오늘의 하루를 열심히 기록하자.

*기억의 흔적을 남겨보세요.

6. 기분 좋은 바람

어떤 일은 살면서 몇 번을 겪어도
언제나 매서운 태풍처럼 어렵고

어떤 일은 스쳐 지나가는 잔잔한 바람처럼
너무나 사소해서 기억조차 나지 않지.

한 가지 장담할 수 있는 건
어쨌든 다시금 기분 좋은 바람이 불어올 거란 거야.

7. 송이송이 눈꽃 송이

새하얀 눈 도화지 위에 나만의 그림을 그리자.

너무 하얘 나만 볼 수 있는 나만의 그림을.

*숨어있는 눈 토끼를 찾아보세요.

따뜻한 코코아를 마시면서 쓰는 일기는
평소보다 더 따뜻해지는 것 같아.

8. 일기와 코코아

몽글몽글한 마시멜로와 달콤한 초콜릿 때문일까?

○○○○ 년 ○월 ○일

따뜻한 코코아 마시면서 일기 쓰기

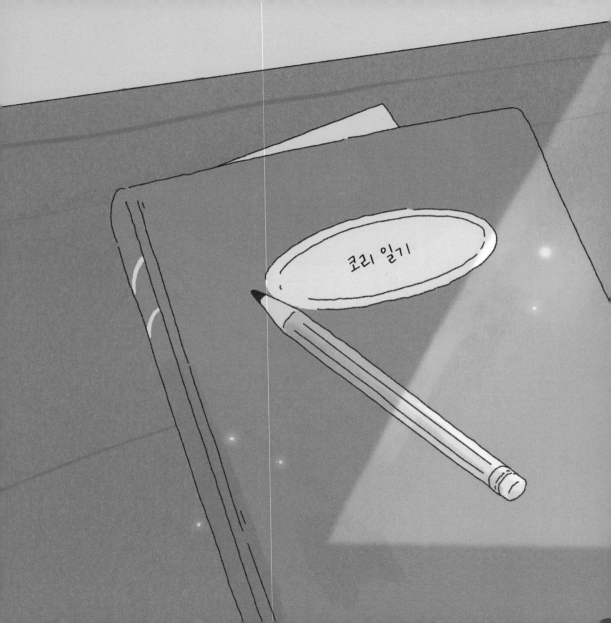

9. 오늘은 그냥

가끔은 맘껏 울어도 돼.
그 가끔이 오늘이어도 괜찮아.
얼마나 마음 졸이고 힘들었을까.
오늘은 펑펑 울어도 괜찮아.

*펑펑 울고 싶었던 일들을 하얀 눈덩이에 적어보세요.

오늘따라 달이 더 커다란 것 같아.

함께 하는 시간 동안 조금씩 가득 채운 보름달을 너에게 선물할래.

이 보름달을 끌어안고

설레고 따뜻한 마음으로
하루하루를 채워나가길.

II. 햇살 드는 방

따뜻한 햇살과 함께 눈을 뜨는
이 순간의 행복을 만끽하자.
햇살은 눈부시고 이불 속은 따뜻하며
새들은 지저귄다.

언제나 다시 돌아오지만
다시는 돌아갈 수 없는
평범해서 더 행복한 순간들.

12. 결코 변하지 않는

모든 것들이 변한다 해도
결코 변하지 않는 것들이 있다.

변하는 것에 마음이 시릴 땐 이곳을 떠올려 봐.
언제나 초록빛을 가득 머금고 여기 그대로 있을게.

언제든 네가 다시 놀러 올 수 있도록 .

에필로그

흑백 그림처럼
무성 영화처럼
하루하루 단조롭기 그지없던 일상이

채워도 채워도
끝이 없던 내 하루의 끝이

너의 편지로 인해 비로소
색색의 빛으로 채워진다.

이런저런 일들에 치여 마음이 지쳤던 날, 저 스스로에게 적었던 '코리의 작은 편지'가 아직도 일기장에 그대로 남아 있습니다.

내 마음을 가장 잘 아는 소중한 친구가 보낸 따뜻한 한마디인 것 같아, 저에게는 그 어떤 것보다 큰 위로가 됩니다. 어쩌면 나에게 가장 필요한 위로와 설렘은 처음부터 나 자신의 마음과 기억 속에 있었을지도 모릅니다.

어린 시절 누구에게나 있었을 자신만의 설레는 공간, 일상에 작은 상상들을 더해 만들었던 마음의 숲을 오랜만에 다시 찾아봅니다. 푸르게 성장한 숲과 코리의 눈에는 지금의 우리가 어떤 색으로 비칠까요?

잠시 동안 잊고 있었던 그때의 마음을 초록의 따스한 빛으로 깨울 수 있기를, 나아가 바쁘고 지친 일상에 작은 설렘과 행복을 되찾을 수 있기를 바라며, 저에게 큰 위로를 건네주었던 '완벽하지 않아 더 괜찮은 아기 코끼리 코리'의 작은 편지를 여러분에게 띄웁니다.

FROM 솜두

고마워, 코리.

다시 만나 반가워.